AF385376

Monsieur le Directeur Général,

Appelée à exercer une influence décisive sur les destinées du commerce et de l'industrie, l'administration ne saurait rester indifférente aux questions qui, par quelque côté, se rattachent à ces deux principaux éléments de la prospérité nationale. Sous ce rapport, le sujet proposé par l'Académie des Beaux-Arts offrait à l'Employé des Douanes un véritable intérêt ; j'ai donc cru, en l'abordant, faire acte d'opportunité, sinon d'absolue compétence.

Je m'estimerais heureux, Monsieur le Conseiller d'Etat si en agréant la dédicace de cet essai, vous daigniez le considérer comme un témoignage de mon dévouement à l'administration, et du profond respect

avec lequel je suis,

Monsieur le Directeur Général,

Votre très humble et très obéissant serviteur,

ÉDOUARD L'HOTE.

DE L'INFLUENCE DES ARTS DU DESSIN

SUR

L'INDUSTRIE.

MÉMOIRE PRÉSENTÉ À L'ACADÉMIE DES BEAUX-ARTS *(INSTITUT)*

PAR

M. ÉDOUARD L'HOTE

INSPECTEUR DES DOUANES.

> « Le bien être intérieur de l'ancienne Égypte
> » était fondé sur l'immense développement de
> » son industrie. Aucune nation n'a porté plus
> » loin la grandeur et la somptuosité des édifices,
> » le goût et la recherche dans les meubles, les
> » ustensiles, le costume et la décoration. »
>
> CHAMPOLLION-LE-JEUNE.
>
> *(Lettres écrites d'Égypte.)*

Si l'Art emprunte à la nature , c'est à l'Art que doit emprunter l'Industrie. L'Architecture, art primitif, ne fut dans l'origine qu'une imitation des voûtes formées par les arbres des forêts et des grottes naturelles cachées dans le sein de la terre. L'Architecture naquit du premier besoin qu'éprouva l'homme de se construire un abri, pour se préserver des ardeurs du ciel ou de l'intempérie des saisons. L'homme vint donc au monde architecte comme le castor, comme l'abeille ; les constructions cyclopéennes le prouvent. Le soin de sa conservation fut le premier mobile de son instinct industriel, la source d'où allait s'épancher cette gracieuse efflorescence qu'on nomme l'Art, reproduction intelligente et idéalisée des modèles offerts par la création, qui devait à son tour réagir sur l'industrie aux époques avancées de la civilisation.

Ainsi, tandis que les animaux constructeurs reproduisaient constamment leurs asiles selon les mêmes procédés, d'après les mêmes plans, et dans les mêmes formes, l'homme, esprit à part, supérieur et puissant, se mettait dès les premiers pas en marche pour atteindre jusqu'aux limites les plus reculées de sa conception primordiale ; de telle sorte que, depuis le commencement des âges, il a su conquérir chaque jour un progrès et enrichir son domaine d'un nouveau degré de perfection. La nature est pour lui comme un vaste musée, où il puise et étudie sans cesse les types que son génie reproducteur s'approprie et que son imagination sait si heureusement modifier.

Tout s'enchaîne dans l'esprit de l'homme. Son action sur la matière est incessante, variée, éminemment progressive ; c'est là un irrécusable témoignage de la sublimité de son être et de l'immortalité de son essence. Or, sa demeure une fois construite, les instruments de son travail et de ses besoins une fois inventés, l'homme devait chercher à les perfectionner, à les embellir. Ses ouvrages, d'abord rudimentaires, se dégagèrent peu à peu de leur grossière enveloppe ; ils affectèrent des formes plus pures ; ils prirent en même temps un caractère plus particulièrement propre à l'usage auquel on les destinait ; en un mot, l'imagination vint en aide à l'industrie, la poésie, ou si l'on veut la fantaisie, lui transmit ses inspirations ; l'ouvrier devint presque un artiste.

C'est ce but de perfectibilité, poursuivi sans relâche dans le beau comme dans l'utile, qui distingue avant tout l'industrie de notre époque. Nous allons consacrer au développement de cette pensée le premier chapitre du sujet proposé à notre examen.

I.

Constatons d'abord que le nombre des produits de l'Industrie où domine le goût national est immense, qu'il tend chaque jour à s'accroître, et qu'il se répand incessamment dans toutes les parties du monde civilisé. La nomenclature de ces produits, si divers et si supérieurs, qui font à la fois le désespoir et l'enchantement des nations rivales, remplirait des volumes ; mais en définitive, tous ces objets qui constituent l'art de se vêtir, de se meubler, de se parer, de se distraire ; qui servent aux besoins, aux commodités, aux caprices de la vie domestique et sociale peuvent se résumer en huit ou dix catégories principales : — Ébénisterie — Joaillerie — Orfévrerie — Porcelaines — Bronzes — Cristaux — Châles — Broderies — Tabletterie etc. que l'on comprend sous la dénomination générique aujourd'hui consacrée d'*Industrie Parisienne.* C'est qu'en effet, la plupart de ces Industries prennent naissance à Paris, d'où elles se dispersent ensuite dans les provinces. Paris est le foyer d'où rayonnent toutes les idées créatrices. Echappés de la ruche mère où ils sont éclos, des essaims vont se fixer sur tous les points du pays où ils trouvent à s'acclimater et à vivre, mais ils n'ont pu naître qu'au sein de cette métropole féconde, véritable serre chaude, où les éléments de tous les progrès s'élaborent sous l'œil de la science et à l'aide de ses procédés ingénieux.

L'Industrie Parisienne sert donc d'archétype à l'Industrie Nationale, avant d'être le modèle, avant de devenir le signe du bon goût et l'arbitre suprême de la mode chez les nations étrangères. C'est de l'Industrie Parisienne que procède dabord l'Industrie Française ; c'est elle qui domine toutes les industries participant des des arts du dessin, c'est-à-dire qui empruntent à l'architecture, à la statuaire, à la peinture, à la céramique, la solidité de la fabrication, la perfection des formes, le charme de l'imitation et de la couleur. Aussi nous semble-t-il que ce qu'un savant célèbre disait de l'ancienne Egypte peut s'appliquer particulièrement à notre pays [1]. Nous sommes véritablement des Egyptiens et des Grecs, au point de vue artistique et industriel ; Seulement, les emprunts que nous avons faits à nos devanciers peuvent se comparer à ces fleuves qui, troublés à leurs sources, s'éclaircissent et s'épurent à mesure qu'ils avancent dans leur cours. Nous avons appliqué à nos usages, à nos besoins, à nos plaisirs modernes, en les perfectionnant, les inventions qui

---

[1] Voyez l'épigraphe du Mémoire.

constituaient le bien être de la vie intérieure, et pour nous servir d'une expression nouvelle, le comfort des existences antiques. En revêtant nos œuvres industrielles du caractère de l'utile pour correspondre au côté terrestre de l'homme, nous les avons marquées de l'empreinte du beau pour répondre à l'instinct de son âme; nous avons fait plus; nous en avons répandu le bienfait autour de nous, par de là nos frontières, jusqu'au de là des mers, et cela avec tant d'autorité, de stabilité et de force, que rien ne semble devoir nous disputer aujourd'hui cette supériorité, ni prévaloir contre elle.

Ainsi depuis Bernard de Palissy qui, transformant en chefs-d'œuvres de simples ustensiles de cuisine, a élevé si haut la fabrication des émaux, depuis Boule, qui a incrusté son génie dans les mosaïques et les meubles précieux sortis de ses mains, jusqu'aux Adlisseau, aux Denière, aux Odiot, aux Thomire, et tant d'autres, qui ont métamorphosé en véritables sanctuaires de l'art les appartements de nos maisons, nous avons sous ce rapport été rois. Certes, ce sont là des créations toutes françaises et que le monde entier nous envie; c'est une noble suprématie dont nous devons tenir à cœur de ne pas déchoir. Or trumeaux! biscuits de Sèvres! rocailles! ornements d'un âge évanoui, riens charmants, bagatelles folles; vous n'êtes plus! mais vos formes légères renaissent chaque jour, modifiées, enrichies par les dessins d'ingénieux artistes, exécutées par d'habiles ouvriers. Pour satisfaire aux goûts, aux besoins de tous, les Pradier, les Duret, les Cumberworth n'ont pas dédaigné, enfants intelligents du siècle, d'abaisser leur ciseau jusqu'à vous. Parcourons les rues de nos grandes villes: arrêtons nous aux vitrines de ces magasins ruisselants de lumière: pénétrons dans l'intérieur de ces somptueux hôtels: asseyons-nous, dans le triclinium moderne, à la table de l'homme d'Etat, du banquier, du simple particulier un peu aisé, nous trouverons partout profusion d'élégantes nouveautés, partout l'image plus ou moins embellie, plus ou moins opulente de la puissance de l'Industrie unie à la séduction des Arts. Ces argenteries, ces tapis, ces meubles, ces coffres, ces porcelaines, ces bronzes, ces mille superfluités qui sont devenues les nécessités de l'existence fastueuse des villes sont autant de chefs-d'œuvre; le statuaire, le peintre, le ciseleur, le dessinateur et l'architecte, ont jeté sur cet ensemble de décorations une vive étincelle; ils y ont laissé l'empreinte de leur souffle créateur et original. Et ce spectacle admirable, ce n'est pas seulement Paris, ce n'est pas seulement la France qui nous l'offre, à St Pétersbourg, à New-York, à Batavia, à Macao; au fond de la Russie, comme en Amérique ou sur les confins de l'Afrique et de l'Asie, partout le voyageur français retrouve ces vivants souvenirs de la patrie absente. Paris partout; Paris toujours; c'est Paris: C'est la France qui, grâce à son esprit inventif, à son goût, à son activité, habille, meuble, décore, égaie et anoblit les heureux habitants du monde civilisé.

Notre industrie est en tous lieux triomphante et recherchée parcequ'elle est vraiment supérieure. Dans l'orfèvrerie, par exemple, industrie qui par la multiplicité des procédés, par le nombre et la variété des applications et des produits, se lie intimement aux arts du dessin, la France a laissé loin d'elle les autres nations. Elle n'a rien à envier aujourd'hui, dans cette branche de fabrication, aux Florentins des XV⁰ et XVI⁰ siècles. Morel et Froment-Meurice ont repris l'œuvre de Cellini.

En matière d'ébénisterie et de tabletterie, rien n'est comparable aux meubles des Fourdinois, des Grohé, des Jacob, aux gracieux et ravissants ouvrages à la main des Lasserre, des Tahan, des Duvelleroy, des Varnier et des Morer, dont les œuvres sont véritablement sérieuses quoiqu'élégantes et coquettes. Les meubles sont des habitations en miniature, des logements préparés par un architecte qu'on nomme ébéniste, pour nos habits, pour nos livres, pour notre lingerie. La sobriété décorative doit présider à leur confection, sans quoi le bon goût ne tarde pas à protester contre une ornementation où trop de richesse et de profusion tendrait à dépasser le but. Les meubles sont des amis intimes qui, pour plaire long-temps, doivent s'abstenir de toute prétention. Les meubles demandent à être vus à tout moment et de très près; ils doivent toujours s'approprier aux usages auxquels on les destine; la simplicité leur sied comme à ceux dont on recherche la société de chaque jour. Mais l'art ne saurait être exclu de la fabrication des meubles; les sculptures, les moulures, les incrustations, les enlacements, les arabesques, les fouillés, peuvent s'allier jusqu'à un certain point avec la commodité et l'utilité d'un bureau, d'un lit, d'une table ou d'un dressoir; demandez ce secret à Kriéger qui l'a deviné le premier. Les animaux sculptés sur le buffet de salle à manger de Fourdinois, en 1851, ont laissé des souvenirs que 1855 même n'a point effacés; et la France peut encore ici s'attribuer la prééminence; car les fabricants Anglais, Suisses, Belges, Autrichiens ou Prussiens n'ont jamais atteint jusque là.

On peut aussi considérer à juste titre l'industie des bronzes comme une de celles où la supériorité française est le plus incontestée; Nos fabriques ont

conquis en ce genre une réputation analogue à celle de Venise pour ses ver-
reries, et de Tolède pour ses armes. Nos bronzes d'art ont le monde entier
pour marché. Nous avons vu figurer successivement dans chacune de nos
expositions nationales, y compris celle de 1855, les noms des habiles
industriels qui, pour maintenir la brillante renommée de nos produits, ont su
résister vaillamment aux tentations d'une fabrication plus lucrative, mais pu-
rement mercantile. Le bronze est d'un travail compliqué, difficile; le bronze
n'est pas un métal simple; c'est un alliage, un composé d'éléments variés qui s'obtiennent par un mélange habilement combiné de cuivre, de plomb, de zinc et
d'étain. Les usages multiples auxquels s'applique le bronze embrassent une
infinité de professions : dessinateurs, fondeurs, tourneurs, ciseleurs, mon-
teurs : et à chacune de ces professions il faut un éclair de génie pour illu-
miner le praticien : il faut qu'une intelligence supérieure, fortifiée par de
profondes connaissances et des études spéciales, sache guider la main de
l'ouvrier. Dans cette branche d'industrie où l'Art et le Goût jouent un si grand
rôle, que d'inventions utiles! que d'applications heureuses! à ne parler ici
que de la découverte au moyen de laquelle on est parvenu à livrer au plus
bas prix la copie exacte d'une œuvre de statuaire ou d'architecture antique :
la sculpture mécanique, pour l'appeler par son nom, n'a-t-elle pas ouvert une
voie nouvelle et florissante à l'industrie et au commerce par la précision de son
procédé ? les noms des Colas, des Sauvage, des Barbedienne, sont attachés
désormais à l'histoire de la sculpture mécanique; ils en sont la date mémora-
ble; les réductions si riches, uniques dans le monde, des trois Grâces
de Germain Pilon, de la Vénus de Milo, du groupe des Lutteurs, de la
Cléopâtre, ont montré dans la dernière exposition jusqu'à quel point de
perfection était arrivée cette fabrication, si près parente de l'art.

A côté de l'industrie du bronze se place par un rapprochement naturel une
industrie sœur, qui a également pour but d'emprunter à l'art ses modèles en
les vulgarisant, et dont les éléments pour être moins riches n'en sont pas
moins d'une application étendue et durable; je veux parler du carton-pierre.

La pâte de carton économique, malléable et ductile sous la main des
Romagnési, des Hircsb, des Huber, des Vallet, des Gardeur, se prête à
toutes les reproductions avec plus de facilité même que le bronze, dont elle
acquiert la dureté. On l'emploie avec avantage dans la décoration des édifices
publics et des appartements. Nos musées, nos bibliothèques particulières, nos
crédences, peuvent s'orner à bon marché d'ouvrages d'un fini achevé, d'une

couleur charmante, qui ont une valeur artistique véritable et qui émanant de ce mode de fabrication, paraissent appartenir, sous le rapport de l'invention, à une époque déjà ancienne, car on en aurait trouvé des vestiges dans quelques salles du vieux Louvre et du palais de Fontainebleau. Quoiqu'il en soit, cette invention a été si merveilleusement rajeunie de nos jours, qu'elle peut passer pour appartenir en propre à notre époque. Le carton-pierre, c'est l'art en monnaie courante, l'art vulgarisé, accessible aux petites fortunes; et certes jamais industrie ne vint plus à propos pour le succès. Est-ce à dire qu'en rendant l'art plus facile, le carton-pierre tend à en abaisser le niveau? Ce serait, à notre avis, une erreur de le croire. Le carton-pierre ne détrônera pas plus le bronze, que la lithographie n'a détrôné la gravure, le daguerréotype et la photographie, la peinture, non: mais cette invention, qui a pour objet et pour résultat de mettre à la portée d'un nombre toujours croissant d'individus les jouissances de l'intelligence et du goût, répond à un besoin réel de notre temps et s'accorde avec ses aspirations les plus intimes; à ce titre, elle est donc sûre de son avenir.

Toutes les industries ont leur tradition, leur généalogie, une filiation ancienne et respectable qui, semblable aux parchemins et aux titres de noblesse, indique par quelle suite de recherches patientes et d'infatigables travaux elles ont atteint le degré de perfection auquel on les voit parvenues. Mais aucune ne possède peut-être de plus anciennes archives que la céramique. Certes, ce n'étaient pas de simples rudiments, mais des ouvrages remarquables par la grandeur des formes, la suavité des contours et des figures, l'enchantement et l'harmonie des couleurs, que ces vases Egyptiens, Grecs, Etrusques, qui aujourd'hui encore servent de modèle à nos manufacturiers les plus expérimentés et les plus habiles. Cependant, la céramique ancienne si avancée quant à la forme, au point que c'est une question douteuse de savoir si nous avons progressé sous ce rapport, la céramique ancienne a été dépassée par la céramique nouvelle, comme solidité de pâte et comme couleur. La science et l'art se sont donné la main pour créer de nouvelles ressources à cette industrie, si utile et si gracieuse. Le nom des Brongniart et des Ebelmen s'attache aux produits si éminents de la manufacture de Sèvres; MM. Meyer, Pilwuit et Dupuis, sont parvenus à imiter à s'y méprendre, le travail des Cinois et des Japonais; aussi bien que Palissy, sur les traces duquel il marche avec honneur, M. Avisseau peut passer pour un admirable potier.

La cristallerie n'est pas la moins intéressante partie de la céramique. Cette industrie nouvelle en France, où elle date du commencement du siècle, est en état de lutter à l'heure qu'il est avec celle d'Angleterre et de Bohême. Ses produits les plus remarquables sortent maintenant des magnifiques usines de Baccarat, de Saint-Louis et de Clichy. Les Dartigues, les Godard, les Maës, sont des fabricants intelligents et éclairés, à qui cette branche d'industrie doit la réalisation de plus d'un perfectionnement envié par l'étranger. Sous leurs mains habiles, le verre s'est assoupli en mille contours et il a su prendre, sous le nom de *chrysoprasie*, les nuances des pierres les plus précieuses. La cristallerie en un mot, aussi distinguée aujourd'hui chez nous par la finesse des détails et la délicatesse des compositions, que par la hardiesse et la grandeur des ouvrages qu'elle livre au commerce, a conquis sa place dans l'admiration des gens de goût, et les maisons opulentes en ont à tout jamais adopté l'usage.

Les vitraux coloriés se rattachent plus directement encore que les cristaux à l'art du dessin, et ils ont acquis, sous l'influence de l'un des maîtres les plus originaux de notre temps, une renommée qui ne le cède en rien à celle de leurs similaires du moyen-âge. On peut dire que M. Maréchal (de Metz) a renouvelé les destinées de la peinture sur verre. Ses gigantesques verrières du palais de l'industrie étaient une des merveilles de l'Exposition. Leur exécution est digne de la réputation dont jouit dans un autre genre (le pastel) l'artiste remarquable qui a donné à N. Dame ses Evêques, et ses vitraux à Ste Clotilde.

Citons encore ici, au nombre des émules de M. Maréchal, MM. Veissière, Marchand, Gérente, Didron et Coffetier. Les ouvrages de ces artistes-industriels, justement appréciés déjà par les amateurs et les archéologues, ont tenu toutes leurs promesses. Mais s'il est un conseil que la peinture sur verre doit suivre, c'est de s'en tenir, comme elle a eu le bon esprit de le faire jusqu'ici, à la restauration des œuvres du moyen-âge, plutôt que de s'égarer à la recherche de formules nouvelles. Les curieuses restitutions des verrières du XIIe siécle de M. Coffetier dans la Cathédrale de Chartres, celles des ouvrages du XIVe siècle dans la chapelle de N. Dame de Paris, offrent le fac-simile le plus accompli et le plus charmant du genre, et témoignent qu'on ne saurait aller plus loin ni avec plus de succès dans l'art de peindre les vitraux, art à peu près oublié ou perdu au dernier siécle, et dont le savant Brongniart peut revendiquer l'honneur d'avoir tenté le premier la renaissance à Sévres, il y a environ cinquante ans. C'est encore de l'art du dessinateur que tirent leurs principales séductions les dentelles, les broderies,

les châles , les étoffes qui ont fait la réputation de nos fabriques d'Alençon ,
de Nancy, de Paris et de Lyon. C'est à ces arabesques, à ces fleurs , à ces
ornements harmonieux que les épaules de nos femmes doivent d'être si
élégamment couvertes. Ces mots de broderies , de dentelles , de cachemires,
emportent avec eux l'idée du luxe et en représentent l'image sous les formes
les plus légères et les plus aimables. Les évolutions incessantes de la mode
ne servent qu'à faire ressortir la richesse et le goût qui président à l'agencement des dessins que l'aiguille est chargée d'incruster dans ces vaporeux
tissus. C'est dans ces dessins surtout que le caprice de l'artiste français
s'ingénie , soit en imitant les types consacrés de l'art indien , soit en les créant
lui-même, à réaliser une foule de chimères audacieuses , impossibles , qui
souvent n'ont pas le sens commun , mais que nous trouvons si adorables et
si séduisantes , ainsi épanouies sur d'aériennes étoffes , qu'il nous est arrivé
cent fois de désirer vivre dans ce monde fantastique de préférence, au nôtre ,
de vouloir cueillir ces fleurs, surprendre ces papillons et ces oiseaux qui
existent dans le soleil peut-être , ou dans quelque planète supérieure , mais
qui , à coup sûr , ne peuvent naître sur notre terre ailleurs que dans le jardin
de la fantaisie ; admirable jardin que celui-là , puisqu'il donne du pain à des
milliers d'ouvriers et fait la joie de la plus belle moitié du genre humain.

Si nous voulons rechercher les causes de cette supériorité qui distingue
l'industrie française dans la production des articles dont l'énumération précède,
nous les trouvons dans l'activité énergique , dans le génie de la nation , mais
surtout dans ses tendances éminemment artistiques. Chez nous , l'art est un
mobile puissant, presque une religion ; il inspire , il passionne , il fait des
prosélytes ; il est à la fois pénétrant et envahisseur. Du sein des classes éle-
vées , où il s'élabore et se perpétue , il se répand sur les multitudes ; il les
exalte en les nourrissant de formes, de grâce , de couleur ; et comme au
fond de ces masses palpite toute une population ouvrière intelligente , accessible à l'émulation, aux grandes idées , aux nobles spectacles , à l'entrain des
émotions généreuses ; il en résulte que l'artisan sait faire passer dans ce qu'il
touche un vif reflet de ce qu'il sent. De là sa facilité à saisir les harmonies et
les contrastes ; de là ses efforts pour en poursuivre la réalisation jusque dans
les produits du plus obscur métier ; de là nos succès industriels. Le français
possédant instinctivement la loi des rapports et des proportions, d'où naît un
sentiment des choses plus délicat, plus raffiné, il lui est plus facile qu'à
tout autre d'élever ce qui est vulgaire jusqu'à la distinction, de transformer ,

par exemple, un simple pot de terre en un vase splendide, d'amener jusqu'à l'élégance un objet commun et usuel. — Quelques peuples, l'Anglais en-tr'autres, possèdent plus que le français peut-être le sentiment du fini, de l'achevé, au point de vue industriel proprement dit, mais le fini n'est pas la perfection, pas plus que le procédé n'est l'art. Il manque aux ouvrages des autres nations ce cachet particulier qui revêt toute œuvre française de grâce et d'élégance, il leur manque le goût. Or le goût peut jusqu'à un certain point s'imiter, mais il ne s'apprend pas; le goût est une qualité naturelle toute d'instinct, prime-sautière en un mot, et c'est cette qualité native qui assure à notre industrie artistique sa prépondérance dans le monde.

II.

C'est à cette prééminence, honorable pour le pays autant qu'avantageuse à sa richesse commerciale, que se rattache un fait dont le récit peut passer pour une véritable page d'histoire économique et industrielle. A ce titre on voudra bien nous permettre de le rapporter ici. La forme anecdotique rendra plus sensible encore la réalité du fond, et servira à démontrer l'évidence aux yeux de tous. Le témoignage qui ressort en faveur de notre industrie de ce fait aussi curieux qu'intéressant, nous parait donner à la 2e partie du programme de l'académie une solution sans réplique.

Un jour, il y a environ dix ans, l'Allemagne ou pour mieux dire le Zollwerein, cette coalition gigantesque des industries du nord, s'imagina de frapper de droits prohibitifs nos articles de luxe, ces mille produits élégants que Paris fabrique pour le monde entier. A la première nouvelle de cette mesure de rigueur l'alarme se répandit, la frayeur fut grande parmi les ouvriers, plus grande encore chez les maîtres; à tel point, que les chefs des principaux établissements industriels de la capitale, d'accord avec les notables commerçants, couvrirent instantanément de leurs signatures une pétition que le Ministre du Commerce fut chargé d'adresser à l'association germanique; on assure même que la diplomatie intervint, pour supplier la très noble et très puissante dame qui fait la loi au de là du Rhin de revenir sur sa désastreuse résolution. Il était à craindre, en effet, que l'élévation subite des taxes, en frappant tout à coup cette multitude d'articles de goût et de mode dont la confection alimente chez nous et particulièrement à Paris une inombrable population d'ouvriers, ne coupât court aux commandes, n'amenât la misère, surtout dans la saison rigoureuse où l'on entrait alors, et qu'elle n'eût des résultats compromettants pour la tranquillité publique.

A cet appel de notre industrie, à ce cri de terreur empreint, disons-le, d'un désespoir exagéré, quelle fut la réponse du Zollwerein? il fit la sourde oreille; son tarif fut maintenu, et la note diplomatique alla rejoindre ses ainées au fond de l'ample poche de la douairière allemande. Cependant il advint, par une compensation inespérée, que les consommateurs étrangers, gens d'habitude s'il en fut, façonnés depuis longtemps déjà aux douceurs de nos présents, continuèrent à se pourvoir chez nous de tous ces délicieux articles dont leur gouvernement prétendait les priver; si bien que le chiffre des commandes et des exportations s'accrut au lieu de diminuer. Ce phénomène auquel on était loin de s'attendre à Paris, trouve son explication naturelle dans une cause unique, dans la valeur artistique des produits français. C'est qu'il en est de ces ouvrages délicats de notre industrie nationale comme de nos vins, le consommateur opulent, le seul qui les recherche, dès qu'il les a connus ne peut s'en passer ; il lui en faut, coûte que coûte, et des meilleurs et des plus chers. Pour meubler son salon ou pour garnir sa cave, il ne regarde pas à l'argent. Que lui importe l'élévation des taxes dont ces produits de choix sont grevés ; en vérité, une tête d'Allemand ne fléchit pas devant pareil obstacle ; le Zollwerein peut même les frapper entièrement de prohibition, si cela lui plaît, l'Allemand est homme à les faire arriver chez lui en contrebande.

Ce que nous venons de dire de l'Allemagne s'applique à toutes les nations qui veulent procéder avec nous de la même façon. L'Amérique se prit aussi, parfois, de velléités prohibitives à l'égard de notre industrie de luxe ; mais la supériorité réelle dont le travail et le goût français portent le caractère, en a toujours triomphé. Il est constant qu'en ce qui concerne la confection des objets de fantaisie et de mode, nous progressons toujours, et que nos fabrications où la pensée la plus originale et la plus spirituelle s'allie souvent à l'habileté la plus sûre d'elle-même, surpassent les plus heureuses tentatives des autres peuples. Que sont auprès des spécimen offerts par nos expositions successives depuis vingt ans les articles analogues rapportés des exhibitions étrangères ? Demandez-le aux commissaires français officiellement délégués pour comparer entr'elles les diverses industries ; ils répondront : « des ébauches presque grossières, de primitifs essais. » MM. Legentil, Goldenberg et Sallandrouze-Lamornaix en savent long sur ce chapitre ; ils l'ont dit à qui a voulu l'entendre ; ils l'ont écrit en pages remarquables, bien faites pour nous enorgueillir et nous encourager. Ces commissaires ont déclaré qu'on cherchait vainement dans les salles de l'exposition prussienne, en 1844, ces chefs-d'œuvres de bronze, de bijouterie, d'orfévrerie, d'ébénisterie, ces châles magnifiques, ces tapis resplendissants, cette variété infinie d'objets ; charmantes inutilités, au dessin gracieux, aux formes pures, dont l'ensemble révèle à la fois la franchise naturelle du génie qui invente, l'habileté exquise de la main qui exécute. L'expérience se renouvela l'année suivante, et la commission constata la même infériorité, la même absence de goût, de génie inventif, de perfection enfin, dans les ouvrages exposés à Vienne. Depuis, il y a eu, il est vrai, de remarquables progrès, reconnus et proclamés dans les Expositions qui se sont succédé à l'étranger ; mais ces progrès, les autres nations ne les doivent qu'à

nous ; nous avons été leurs maîtres ; en élèves dociles elles ont écouté nos leçons, suivi nos conseils, profité de nos exemples et imité nos modèles, timi-
dement, servilement, pas à pas ; voila tout. Les Expositions de Londres, de
New-Yorck, de Dublin, de Munich, ont été complètement battues par celle de
Paris. L'Exposition universelle de 1855 est un astre qui a emporté dans son
tourbillon tous ses satellites et qui les a éclipsés en les absorbant. L'Exposition
de 1855 a démontré que notre prétention de marcher à la tête des peuples,
pour toutes les améliorations qui intéressent l'humanité, était légitime. Quelques nations, telles que l'Angleterre, la Prusse, la Bavière, obtiennent bien
l'avantage du bon marché, grâce à la minime valeur, chez elles, du travail ma-
nuel ; mais l'économie n'est pas le dernier mot en industrie, surtout en industrie de luxe. Sous ce rapport, il ne convient pas seulement de donner à ses
produits un caractère d'utilité froide et sérieuse, strictement exigé par leur destination ; il importe de séduire, de provoquer le consommateur par un attrait
neuf et piquant. Or, la France tient aujourd'hui le sceptre de l'invention et du
goût, parce qu'elle sait déployer dans toutes les branches de ses fabrications
les ressources d'une brillante imagination, guidée par une laborieuse expérience ; la France ressemble à ces Niobé fécondes qui s'ingénient nuit et jour à
trouver dans leur esprit et dans leur travail de quoi satisfaire aux besoins et aux
caprices de leurs enfants. L'industrie artistique est devenue pour nous une
source de richesse, et la richesse de l'État doit amener infailliblement le bon-
heur du peuple. Elle en devient même le plus sûr indice, comme elle en est le
plus puissant instrument, aux époques de calme et de paix, alors que l'esprit
de l'homme plus reposé peut inventer et créer à loisir. L'accroissement de ces
ouvrages de luxe et de goût qui rendent la vie agréable profite alors à la société toute entière ; il augmente le bien-être public ; il forme la base d'un travail permanent et lucratif pour les populations industrieuses. En multipliant les
rapports et les échanges, le travail favorise à son tour le développement des
relations commerciales. Celles-ci deviennent plus nombreuses encore à mesure
que le champ de l'industrie s'agrandit par de nouvelles découvertes, et c'est
ainsi que, sous la double influence du travail et du génie, les mœurs s'épurent et s'adoucissent ; c'est ainsi que la richesse multiplie les relations sociales
et qu'elle enseigne aux hommes à s'attacher les uns aux autres, à se rappro-
cher, à s'identifier en un mot dans un mutuel concours de travaux, d'efforts,
de besoins et de jouissances. Tel est le trait d'union qui doit finir par relier
toutes les classes et sans doute un jour tous les peuples, en faisant disparaître

de choquantes inégalités, en ne les rendant rivaux que pour une seule conquête, celle du bien et du beau.

La prospérité d'une nation dépend peut-être moins aujourd'hui des avanta-
ges de sa situation topographique , de la salubrité de son climat ou de la fer-
tilité de son sol, que de ses élans artistiques, de sa persévérance industrielle ,
de la qualité de son génie, de l'originalité de ses conceptions et de la hardiesse
de ses œuvres. L'homme, sur tous les points, a transformé et modifié la nature.
Sous sa main puissante , des régions d'abord inhabitées sont devenues popu-
leuses , des bourgades sans importance se sont métamorphosées en centres de
commerce considérables , abondamment pourvus de toutes les ressources de
la vie, de toutes les douceurs et de toutes les élégances de la civilisation, dis-
tingués dans leurs habitudes, cultivés dans leurs goûts. La France possède bon
nombre de localités qui ont pris ainsi un développement inouï, après s'être enrichies par les prodiges du travail. C'en est fait : l'élan est donné ; notre or-
ganisation sociale et politique, assise aujourd'hui sur des fondements solides ,
concourt à nous affermir dans la voie du progrès industriel ; elle ne nous per-
met pas de rétrograder, parce que nous avons à satisfaire, les premiers , aux
besoins étendus et nouveaux que provoque la participation d'une masse de plus
en plus nombreuse aux bienfaits de la civilisation moderne.

Ce qui était autrefois dans la vie ordinaire un objet de luxe est devenu de
nos jours une nécessité indispensable , aussi tous les efforts de l'esprit industriel doivent-ils tendre à favoriser l'épanouissement de nos facultés créatrices,
à donner accès à toutes les améliorations , à avancer la solution et à résoudre
enfin le problème de la production la plus parfaite au plus bas prix possible.
Ce but , qui est avant tout celui de l'industrie usuelle, doit être poursuivi
avec la même persévérance par l'industrie de luxe. Les expositions , cette lice
ouverte à tous, cet admirable moyen d'émulation , en devenant pour ainsi
dire permanentes , ne peuvent manquer de concourir à le lui faire atteindre.
C'est aux fabricants, aux artistes et aux ouvriers , qu'il appartient d'appeler
le consommateur , et de déterminer ses choix par la nouveauté comme par la
perfection des ouvrages. La grande solennité de 1855 a offert, sous ce rapport, des résultats dignes de remarque, et que l'on peut croire appelés à
exercer une immense influence sur l'avenir. Ce magnifique tournoi peut four-
nir à l'histoire de notre industrie artistique une de ses plus belles pages ; car
il a mis en lumière toutes les ressources de notre pays, comparées à celles
des nations conviées à y apporter leur contingent, à prendre part à cette lutte

pacifique , où l'on n'entendait au lieu du canon, que le murmure admiratif de la foule; où la victoire n'a pas coûté de sang , mais le simple et sublime effort de l'idée , du génie , du travail.

III.

3° Présenter les moyens de conserver à notre industrie la position honorable qu'elle s'est acquise, de la fortifier encore, et d'encourager les artistes à diriger dans la voie du beau cette partie intelligente de la nation qui se livre aux travaux de l'industrie.

Ces moyens sont de plusieurs sortes ; on peut les classer en quatre catégories et les diviser ainsi : moraux, pratiques ou professionnels, intellectuels, honorifiques. — En matière commerciale ; la bonne foi, la loyauté, telle est la première loi morale des transactions internationales. Nos ouvrages s'adressant à tous les peuples civilisés, il ne suffit pas de faire bien pendant un certain temps, il faut faire bien toujours, afin que les nations qui négocient avec nous soient sûres de trouver constamment dans nos produits l'assemblage complet des qualités qui les leur font rechercher ; c'est-à-dire : perfection dans l'exécution, exactitude dans l'accomplissement des promesses, en un mot, commande satisfaisante sous tous les rapports. Le véritable triomphe de l'industrie : c'est, nous l'avons dit, de mettre des ouvrages bien confectionnés et à bon marché à la portée d'un nombre de plus en plus considérable de consommateurs. L'industrie de luxe ne saurait elle-même se soustraire à cette condition de son avenir ; car l'industrie commune et l'industrie de luxe sont sœurs. Les progrès accomplis dans les fabrications les plus somptueuses profitent bientôt à des industries plus modestes. Un peuple qui ne produirait pas d'objets de luxe, ne pourrait consommer lui-même que des articles grossiers ou peu commodes. D'un autre côté, les perfectionnements apportés dans les articles qui s'adressent à la masse de la population tendent à abaisser naturellement le prix des objets les plus choisis, et c'est de ce mouvement de balance entre le luxe et l'utile que naît le progrès incessant des industries artistiques. Mais la question morale, la première dont nous voulons nous occuper, doit surtout dominer ici. En principe, on ne saurait nier que la scrupuleuse loyauté des conventions ne soit le jalon le plus solide de toute fortune commerciale. Ainsi : annoncer à l'étranger que tous les ouvrages qu'on lui expédie sont des modèles de perfection, et ne lui adresser que des objets défectueux, des rossignols (1), c'est compromettre gravement l'industrie toute entière ; car alors un doute défavorable à notre supériorité même se glisse dans l'esprit de l'étranger déçu. Ce n'est pas seulement une mauvaise action ; c'est encore un mauvais calcul. Le commerce parisien, disons-le en passant, ne fournit que trop d'exemples de cet entraînement déloyal et funeste. Sa réputation industrielle et commerciale serait à jamais détruite, s'il ne rentrait franchement dans la voie des garanties

_____

(1) On appelle *rossignols* dans le commerce les articles de rebut.

morales, indispensables entre gens qui, placés souvent aux deux extrémités du globe, ne sauraient avoir de rapports véritablement fructueux et durables, qu'autant que la sincérité en est la base.

Au même point de vue, la moralisation de l'ouvrier par le bien-être constitue un des plus puissants moyens de conserver à notre industrie sa position honorable. Moraliser l'ouvrier, en s'occupant de ses intérêts et de son avenir, c'est travailler au progrès même de l'industrie. Tandis que nous admirons ce luxe, ces richesses, répandues à profusion autour de l'homme de loisir et de jouissance, la misère nous offre ailleurs un triste et douloureux contraste.

Le privilégié de la civilisation ignore trop combien il en coûte à l'artisan pour lui créer cette existence facile, et quel chétif profit il retire, pour sa part, de tant d'efforts, de patience, de talents et de veilles, mis au service du consommateur indifférent. C'est donc par l'amélioration de la condition ouvrière que l'industrie peut encore assurer sa marche triomphante vers la perfectibilité. Mais c'est aux fabricants, c'est aux chefs des grands centres industriels, qu'il appartient surtout de réaliser un bienfait dont l'influence s'est déjà fait si heureusement sentir dans plusieurs établissements, notamment dans des cristalleries. On peut citer, par exemple, les usines de Baccarat, où se confectionnent de si beaux ouvrages, comme présentant l'application la plus parfaite des associations ouvrières, non pas telles que les rêvent les socialistes et leurs adeptes, mais telles que peuvent les réaliser la probité, unie aux meilleurs sentiments d'humanité et de prévoyance. Ainsi, dans cet établissement modèle, dont la prospérité est au comble, parce que maîtres et travailleurs s'entendent et se trouvent tous d'accord pour le bien-être commun, les deux principales catégories d'ouvriers, les verriers et les tailleurs, sont organisés par brigades composées de trois ou quatre compagnons de divers grades, et de un à quatre apprentis. Chacun d'eux touche un traitement fixe proportionné à son grade et à son degré d'habileté. Le travail de chaque brigade est, en outre, réglé à la pièce sur un registre spécial, qui est toujours à sa disposition et qu'elle peut contrôler chaque fois qu'elle le désire. L'excédant du montant du travail à la pièce sur la somme des traitements affectés à chaque brigade est réparti, à titre de gratification, entre le maître et les compagnons, dans des proportions réglées suivant les grades. Les tarifs sont d'ailleurs calculés de telle sorte que le montant du travail à la pièce puisse excéder facilement la somme des traitements; aussi est-il rare qu'une brigade n'ait pas d'excédant à partager, mais cet excédant est plus ou moins élevé, suivant l'activité et l'habileté de chacun : c'est l'axiôme de Saint-Simon réalisé : « à chacun selon sa capacité; à chaque capacité selon ses œuvres. » Il résulte de ce mécanisme, aussi simple qu'ingénieux, que tous les ouvriers sont intéressés à produire le plus et le mieux possible; qu'ils sont tous, dans les limites de ce qui est équitable, associés au succès de la fabrique, et que leur salaire se trouve plus ou moins augmenté, selon leur plus ou moins d'habileté et d'ardeur au travail. Or, nul doute que, s'il était généralisé, ce système, éminemment rationnel et pratique, ne produisit dans chacune des branches principales de l'industrie de luxe des résultats aussi satisfaisants.

Il existe, dans un ordre d'idées plus élevé, d'autres moyens de fortifier notre industrie et d'encourager les artistes à diriger dans la voie du beau cette partie intelligente de la nation forcément vouée au travail. L'un des plus sûrs, serait, à notre avis, la création de chaires d'esthétique. Cet enseignement, institué dans tous les centres industriels de quelque importance, pourrait être confié à des artistes, particulièrement à ceux dont les études spéciales et théoriques présenteraient déjà des garanties de renommée et de succès. Ainsi, à côté de l'école pratique et professionnelle, à côté de l'atelier, s'élèverait la chaire d'esthétique; c'est-à-dire le stimulant de l'esprit auprès de l'application, du métier; l'excitation en regard de la difficulté; la pensée derrière la lettre. On comprend en effet que, sans le secours d'une parole capable de soutenir en eux le goût et le sentiment du beau, sans conseil comme sans boussole, la plupart des travailleurs et même des artistes s'oublient et s'abandonnent, au lieu de se relever et de combattre. Il serait donc avantageux pour tous que l'amour du beau, du splendide et du gracieux, se popularisât, et qu'une parole éloquente et haute, semblable à l'onde fraiche et limpide qui descend des montagnes, vint féconder le plus pur côté de l'âme chez ces hommes perdus dans l'ombre, égarés par le positivisme de la vie, ou affaissés sous le poids de leur rude métier. C'est ce que comprit l'Allemagne quand elle fonda les cours d'esthétique qu'illustrèrent à si juste titre les Beugmarten, les Kant, les Lessing et les Schlegel. On sait quelle heureuse influence ont exercé sur l'esprit de leur pays ces hommes remarquables, et combien leurs éloquentes dissertations ont vulgarisé les saines doctrines de l'art chez les nations germaniques. De même une faible somme distraite chez nous du budget de l'Etat ou de celui des communes servirait à la fois de solde et d'encouragement aux artistes professeurs chargés d'accélérer l'initiation du peuple à l'esthétique, c'est-à-dire au sentiment pur et raisonné du sublime et du beau. En aidant à propager des tendances essentiellement intellectuelles et conservatrices au sein d'une génération entière d'artisans ; susceptible d'entraînement pour le bien, d'enthousiasme pour l'idéal, et possédant d'ailleurs l'amour du travail et la science du métier, le prélèvement d'une dîme légère rapporterait au centuple à l'industrie comme à la nation ; et certes, ce serait là de l'argent placé à un bel intérêt, puisqu'il aurait pour résultat l'amélioration progressive du sort de tous, au point de vue moral et matériel.

Expliquons ici quel serait, dans notre pensée, le caractère et la mission du professeur ; après avoir insisté sur l'opportunité des cours d'esthétique, indiquons de quels élémens supérieurs il importe de les composer et à quel ordre d'idées doivent appartenir les sujets traités ; la question d'utilité et d'application de ces leçons d'art pur aux progrès de notre industrie se dégagera d'elle même.

A notre avis, la première partie du cours devrait être consacrée à retracer l'histoire générale de l'art, depuis les temps les plus reculés jusqu'à nos jours. La seconde partie présenterait une analyse intime des divers éléments qu'embrasse l'art en lui-même, cette sublime expression de l'intelligence humaine : l'architecture, la statuaire, la peinture, la céramique, en formeraient la base principale ; elle aurait pour but d'expliquer les rapports qui existent entre la pensée, les besoins dominans d'une époque, et les différentes branches de l'art qui sont pour ainsi dire la traduction élégante et noble de cette pensée, de ces besoins. Ainsi, l'architecture par exemple fut, comme nous l'avons dit, le premier des arts, l'industrie primordiale de l'humanité ; les hommes durent songer à bâtir des maisons avant de les orner, et dans l'architecture, que de degrés parcourus, depuis la cabane de chaume jusqu'au palais! Peu à peu l'art s'agrandit, l'idée du beau, de l'harmonie, surgit, pénètre, et simple à sa naissance, il est porté, chez les nations avancées, au plus haut degré de perfection.

Ces idées préliminaires, exposées dans un récit vif et coloré, dans le style entraînant des Michelet et des Beulé ; seraient, n'en doutons pas, de nature à exciter la curiosité, à préparer le terrain, à captiver, dès le début, l'attention de l'auditoire. Le professeur aborderait ensuite la philosophie de l'art, pour en faire pénétrer l'esprit et l'influence jusque dans les détails les plus intimes de la vie ordinaire par une ingénieuse et attrayante interprétation.

Mais revenons à la préface, au prologue du cours : ce serait un rapide exposé, vivant tableau, que tout homme bien doué a sans doute plus d'une fois entrevu dans les profondeurs de son imagination, à la clarté de l'histoire. Ainsi, remontant jusqu'au premiers rudiments de cette admirable science de la forme,

còmme l'a fait Cuvier pour la reconstruction des êtres ante-diluviens , le professeur découvrirait tout d'abord le berceau de l'art à demi-caché dans les ro-
seaux du Nil et sous les sables de Memphis. Puis , ressuscitant l'architecture
des Pharaons, qui s'élançait en colonnes à une hauteur telle que , selon l'expression pittoresque de Champollion : « l'admiration ne pouvait s'élever jusqu'au haut » , et déroulant devant les yeux de ses auditeurs le panorama de
Thèbes, de la ville aux cent portes que précédaient des milliers d'avenues de
sphynx terminées par les statues colossales de Rhamsès , il ferait arriver au
milieu de ces splendeurs sculpturales , symbôle grandiose de la civilisation des
prêtres et des rois d'Égypte, un enfant de la Grèce , esprit ardent et aventureux, poussé par les récits qu'en son enfance lui faisaient ses maîtres, jusqu'au
milieu des magnificences de ce pays mystérieux qu'il a voulu parcourir. Il nous
montrerait errant dans la vallée de Medinet-Abou ou rêvant au pied des co-
losses d'Ibsamboul, cette sentinelle perdue de l'art, l'aïeul de Phidias, de Praxitèle ou de Lysippe , s'inspirant à leur propre foyer de la grandeur et de la
majesté des formes plastiques, y puisant ce sentiment pur et délicat qui, rapporté à Athènes et plus tard réchauffé par le génie gouvernemental et sympa-
thique de Périclès, doit donner naissance à ce siècle de chefs-d'œuvre dont le
Parthénon devient l'immortel couronnement.

Or, avec ce sentiment tout nouveau de la beauté monumentale et plastique,
le voyageur a rapporté d'Égypte un souffle civilisateur dont toutes choses vont
bientôt s'imprégner chez les Grecs. A Sicyone , à Argos, à Athènes , à Corinthe, à Égine , à Mégare , l'art devient l'air ambiant, le milieu nécessaire dans
lequel va s'agiter tout un peuple de génies, de héros et de sages. Là, Périclès,
Cimon, Miltiade, Socrate, Aspasie, Anacréon, Sapho , grandissent et atteignent
leur splendide renommée. Entourés de chefs-d'œuvre variés, inombrables, marqués au coin de la perfection , de la force et de la grâce , leur âme s'élève ,
leur intelligence s'épure, leur esprit s'étend, et il reçoit comme l'empreinte sublime des grandeurs dont il est ébloui : ainsi s'épanouit la fleur de la civilisation , éclose d'un simple germe ardemment cultivé. Sous l'empire de l'habile
théocratie des Égyptiens, comme sous celui du Panthéisme grec, l'art ne pouvait manquer de prospérer ; seulement, le premier, plus limité , se reprodui-
sit constamment avec les mêmes caractères et ne s'écarta jamais des profils
royaux, des types consacrés : c'était le dogme absolu appliqué à l'art. Le second, plus libre en son essor , prit la nature pour modèle dans tous les rangs,
dans tous les ordres, dans toutes les classes, et l'idéalisa. L'architecture grec-

que ne fut sans doute que la copie , l'imitation, le fac-similé de l'architecture égyptienne; elle lui emprunta, en les épurant, ses colonnes, ses chapiteaux et ses acanthes; elle fut plagiaire sur ce point. Mais dans la statuaire, la Grèce fut réellement originale; ses sculpteurs firent poser devant eux le peuple, si riche par la beauté du sang et la suavité des formes. Protégée par des doctrines moins exclusives, par une religion moins absolue, ou pour nous servir d'une expression toute moderne, plus éclectique, la statuaire grecque, moins gênée dans ses allures, s'inspira des poses gracieuses et des habitudes corporelles de ces enfants voluptueux et charmants, que la splendeur du ciel et les raffinements d'une société civilisée semblaient avoir créés exprès pour lui servir de modèles. Ce fut ainsi qu'elle atteignit ce degré de haute perfection qui lui valut la gloire d'être prise chez tous les peuples de la terre pour le *criterium* supérieur, éternel.

L'Egypte et la Grèce résument donc les deux principales expressions de l'art dans l'antiquité.

L'art fut également florissant chez les Carthaginois, chez ce peuple aventureux, qui a laissé en Afrique d'impérissables souvenirs de sa grandeur et d'une gloire qui rayonne encore tous les jours aux yeux de notre armée. La statue d'Apollon érigée dans son temple à Carthage, les dépouilles des édifices publics et des maisons particulières que les soldats de Scipion emportèrent triomphalement à Rome, le bouclier d'Asdrubal, chef-d'œuvre de dessin et de ciselure, qu'ils appendirent aux murs du Capitole; tous ces monuments prouvent que le goût des arts est un des attributs les plus éclatants de l'homme vivant en société et que leur initiation, leur étude et leur pratique, sont nécessairement liées à l'existence d'un grand peuple. Depuis leur origine jusqu'à leur diffusion, jusqu'à leur application aux choses de la vie commune, une distance énorme signale la marche des arts. Cette diffusion loin d'être un signe de décadence est au contraire un témoignage de civilisation. Ce n'est pas dans son enfance que l'art se multiplie jusqu'à étendre, comme un lierre grimpant, ses rameaux sur le tronc social. Il faut qu'il parvienne à sa virilité avant de jeter ses pousses exubérantes sur l'industrie d'une nation. Des siècles s'écoulent avant même que d'art pur dise son dernier mot. La peinture n'atteignit guères un certain degré de perfection en Grèce que sous le règne d'Alexandre. Polygnotus, Bularchus, Mycon, furent les premiers peintres connus. Mais bien que Candaule, roi de Lydie, ait acheté au poids de l'or un tableau du second de ces artistes représentant la défaite des Magnètes, on sait que leur art se bornait alors à de simples traits formés d'une couleur égale, aux teintes légèrement nuancées : c'était une sorte de grisaille. Cléanthe et Cléophante, de Corinthe, se distinguèrent dans ce genre de peinture monochrome, environ neuf cents ans avant Jésus-Christ. — Niséas', Apollodore, et Zeuxis leur élève, furent ensuite les premiers qui, à l'aide de couleurs variées, distribuèrent des lumières et des ombres dans leurs tableaux. Puis vinrent Ephorus, Pamphile, Protogènes et Apelles, l'immortel auteur d'Alexandre tenant Vénus endormie, de Vénus anadyomène, de Diane et ses nymphes, du roi Antigone, et de la Calomnie, chefs-d'œuvre qui n'existent plus que dans l'histoire, et que sur sa foi seule nous admirons aujourd'hui.

Cependant, après avoir passé plusieurs siècles à perfectionner le style et le goût dans la reproduction de la forme, le peuple grec, bouleversé dans son gouvernement, dans sa grandeur et dans son repos, par des révolutions successives, oublie au milieu des camps et des dissensions intestines le culte de l'art qui avait jeté un si vif éclat sur ses belles années. On le voit alors insensiblement décliner jusqu'au moment où il passe en Italie après la conquête de de Metellus.

A dater de cette époque, la filiation perdue pour la Grèce se poursuit à Rome. Elle éclate, sous les Empereurs, en mille ouvrages revêtus comme leurs aînés d'un caractère d'élégance et de supériorité qui atteste une illustre origine. Nous sommes au siècle d'Auguste ; d'habiles artistes apparaissent et jettent sur cette nouvelle civilisation un reflet saisissant de grandeur et d'éclat. A Rome comme à Athènes on voit les écrivains, les penseurs, les poètes, naître en même temps que les grands ouvriers plastiques et former comme une chaine harmonieuse, un trait lumineux qui unit la matière à l'intelligence, a nature à l'art. Les noms de Cléomène, d'Appollonius et de Callimaque, sont inscrits sur des tables de marbre, à côté de ceux d'Horace, de Virgile, de Catulle et d'Ovide.

Sous ce règne, la peinture est cultivée à l'égal de la statuaire ; elle décore les maisons des riches affranchis ; elle embellit les palais des Césars. L'Italie entière se couvre de monuments magnifiques, les musées et les demeures patriciennes de tableaux et de peintures murales qui, retrouvées après deux mille ans, accusent un raffinement, une pureté, une coquetterie de touche, qu'atteindraient difficilement les artistes de nos jours.

Mais l'art a ses révolutions comme les empires ; il passe successivement de l'enfance à la barbarie, de la splendeur à l'oubli ; ou plutôt, ce sont toujours les bouleversements politiques qui, ainsi qu'on l'a vu pour la Grèce, perdent l'art d'une nation, anéantissent ses merveilles, et le font rétrograder vers son point de départ, en replongeant ses traditions dans l'obscurité. Quelque fois il est sujet à des intermittences plus ou moins longues ; il traverse en silence des siècles de sommeil et d'engourdissement; il subit, après ses phases les plus brillantes, de sombres éclipses pendant lesquelles la filiation ne se perpétue que par l'œuvre de quelques enfants privilégiés, sorte de trait d'union entre le passé et l'avenir : c'est ainsi que les Etrusques nous offrent l'art corrompu du beau temps des Grecs, et que les Celtiques succèdent aux romains, à l'époque du bas-empire. Avant l'invasion des barbares, c'est-à-dire des peuples septentrionaux dans Rome, plus d'un dissolvant avait atteint l'art dans sa fleur. Le malaise moral, qui tue le génie, avait devancé les colonnes d'Alaric. La décadence était déjà sensible sous Sévère. Quand le sénat voulut ériger à Constantin un arc-de-triomphe, il ne se trouva pas dans la capitale un architecte capable d'entreprendre l'ouvrage, pas un artiste pour en dessiner les ornements, pour en sculpter les statues ; il fallut dépouiller l'arc de Trajan ! Le buste de Caracalla avait été véritablement, comme l'a si bien dit Alexandre Lenoir, — « le dernier soupir de la sculpture romaine. » —

Les Gaulois ou Celtiques, guerriers avant tout, eurent peu de loisirs à consacrer aux beaux-arts ; aussi n'ont-ils laissé que des ouvrages sans intérêt, au point de vue de la perfection et du sentiment esthétiques. Ils ne comprirent ni la beauté, ni la grâce, ni l'harmonie de la forme humaine. Quant à leurs monuments, les plus remarquables se bornent à quelques autels en pierre ornés de bas-reliefs, érigés en l'honneur de la déesse Néhalennia, qui n'était autre que Diane ou la lune. En un mot, l'art chez les Celtiques fut aussi pâle que l'astre qui l'inspirait. Le celtique fut donc une de ces époques de léthargie dont nous parlions tout à l'heure ; il comprend la période qui s'est écoulée depuis la conquête des Gaules par les Romains et les premiers temps de la monarchie française jusqu'à Charlemagne. A dater de ce monarque, c'est-à-dire vers l'an 820 de notre ère, nous voguons à pleines voiles vers le moyen-âge. Rumalde bâtit la cathédrale de Rheims, Azon celle de Séez, Robert de Luzarche celle d'Amiens, et les anges du paradis celle de Laon, véritable dentelle de pierre qui semble flotter dans les nues. Pour la peinture, c'est le règne de Cimabue et du Giotto en Italie, d'Albert Durer en Allemagne, tandis qu'en France nous osons à peine former quelques traits enduis de cire et d'œuf sur les murailles de nos basiliques.

Au moyen-âge , l'art change complètement de but et de destination ; désorienté au point de vue plastique , les formes qu'il représente tendent à s'allonger, à s'amaigrir. Sous le souffle catholique , des milliers de monumens s'élèvent, le fronton disparaît pour faire place à l'ogive ; non seulement des colonnes se dressent dans l'intérieur des temples , mais à l'extérieur de hardis clochers, des flèches élégantes, s'élancent vers le ciel, comme les bras des fidèles dans la prière.

L'architecture gothique se ressouvient sans doute encore des Grecs et des Romains, les emprunts qu'elle leur fait sont nombreux ; mais la foi s'approprie certaines images, certains ornements étrangers aux arts précédents. Ainsi, l'on voit des chimères , des têtes de singes , des bustes de démons lascifs et cornus remplacer , au sommet des colonnes , la feuille d'acanthe ou de lotus. Cette symbolique a un sens aujourd'hui révélé ; ces représentations grotesques figuraient l'hérésie, grimaçant aux vérités orthodoxes jusque dans la maison du Seigneur. L'architecture du moyen-âge est particulièrement empreinte d'une audace de pensée et d'exécution qui étonne , d'une originalité qui excite à la fois le respect et le sourire. Les portiques sont fouillés avec infiniment de délicatesse et de curiosité ; les sujets qu'ils représentent sont , ou sacrés comme le veut la croyance religieuse , ou marqués d'un laisser-aller profane, dans le but de flageller, en les caricaturant, les passions et les vices du temps. La leçon s'adresse de haut, comme on voit ; elle ne part pas seulement de la chaire, elle est inscrite en lettres de pierre sur les murailles mêmes du monument. L'ensemble et les détails de l'architecture sont pleins d'harmonie, de finesse et de grâce, mais la statuaire y affecte , nous l'avons dit , des proportions chétives et grêles ; les figures prennent un air naïf et douloureux , qui est le contrepied absolu de la beauté vigoureuse des panthéistes.

L'art grec qui paganise tout ce qu'il touche est un art qui se porte bien , qui sent sa nature verte et jeune ; l'art catholique du moyen-âge, au contraire, est inspiré par un martyre et une idée plutôt que par un instinct : c'est un art qui sue des larmes ; on comprend que l'humanité a dû souffrir dans la personne de son rédempteur pour en arriver là.

Au sortir du moyen-âge, les guerres religieuses, la superstition, l'ignorance, replongent encore une fois les peuples du Nord dans la barbarie, et un assez long intervalle s'écoule de nouveau, sans culture pour les arts. Cet intervalle comprend les XIIIe et XIVe siècles, époque où de timides artistes se montrent les copistes inintelligents et serviles de la nature. Mais , retrempés par les

Croisades, ils reparaissent avec le goût moresque vers le milieu du quinzième siècle, pour renaître avec éclat sous François Ier. Cette phase comprend tout le seizième siècle.

François Ier, prince attique et chevaleresque, amoureux de la forme et de la couleur, tête ardente et légère, attirée par ce qui brille comme l'alouette par le miroir, curieux de luxe, d'élégance, et épris de sensualisme; François Ier s'émeut aux noms des artistes qui remplissent l'Italie de leurs chefs-d'œuvre et de leur gloire. Les lauriers de Médicis et de Léon X l'empêchent de dormir au moins autant que ceux de Charles-Quint. Il n'envie pas à la pourpre romaine son pouvoir spirituel, sa charge d'âmes, mais il envie au vatican ses peintres, ses statuaires et ses ciseleurs, c'est-à-dire la fine fleur de sa puissance temporelle. Philibert Delorme, Germain Pilon, Lescot, Cousin, Bullant, ne lui suffisent plus; il accable Raphaël de commandes richement payées; il échange avec le Pape une correspondance brûlante, à la suite de laquelle Léonard de Vinci et le Primatice arrivent à Fontainebleau; il dépêche un ambassadeur à Benvenuto Cellini, qui finit par y arriver après eux. De François Ier et Léon X, date, pour la France comme pour l'Italie, une ère véritablement magnifique. Au mouvement rapide et élevé des arts correspond un mouvement semblable dans les sciences, dans les lettres et dans l'industrie; le choc semble électrique. Les idées comme des armées en bataille, s'avancent de tous les côtés à la fois; les sources du progrès et du beau s'échappent par toutes les fissures de l'esprit humain! Le seizième siècle peut à lui seul servir de texte universel pour un cours d'esthétique; il y a là une mine inépuisable de rapprochements ingénieux, de parallèles, de contrastes, d'harmonies, d'enchantements et d'attraits sans nombre à exploiter au profit de tous, peuple, gens du monde, ouvriers, artistes.

Revenue à sa pureté première sous le ciseau de Jean Goujon et de Germain Pilon, la statuaire avait absorbé la peinture, qui disparut pour ainsi dire étouffée sous les lauriers de sa rivale, en dépit des efforts que fit Jean Cousin, le fondateur de l'école française, pour lui rendre quelque éclat. Ce fut un peintre de la cour de Louis XIII, homme doué d'une imagination féconde et d'une merveilleuse facilité de composition, qui fixa, vers 1630 seulement, la prépondérance de notre école: j'ai nommé Simon Vouët.

Nous voudrions pouvoir jeter ici un voile sur les faiblesses de l'homme et ne parler que de son talent; mais l'histoire l'a déjà dit: pourquoi faut-il que l'envie, qui trouble trop souvent le cœur de l'artiste, obscurcisse à jamais la gloire de Simon Vouët? pourquoi faut-il que sa mémoire ait encouru l'éternel reproche d'avoir abreuvé d'amertume et d'injustices Nicolas Poussin, que la nature semblait avoir formé pour partager avec lui les honneurs de l'école française? oui, comme Caïn, Vouët a tué son frère, mais le ciel l'a vengé; Vouët est oublié: Poussin est immortel !

Nous sommes au dix-septième siècle; un bienfaisant génie préside à sa naissance. Hommes d'état, écrivains, poètes, peintres, statuaires, graveurs, ouvriers, tous ont été dignes du grand roi et de la grande époque; il faudrait des volumes pour citer seulement les noms de tous les hommes célèbres qu'elle a enfantés.

Le dix-huitième siècle offre aussi son caractère particulier. Quoique dégénéré par un faux goût, l'art intéresse encore : Coustou, Bouchardon, Watteau, Boucher, Vanloo, Lemoine, Pigalle, sont les rayons affaiblis mais doux et charmants des soleils qui les ont précédés. Vien paraît pour inaugurer le dix-neuvième siècle : soudain le goût classique, le grand style, semblent ressusciter. Une foule de maîtres habiles sortis de son école, au nombre desquels il faut citer Vincent et David, répandent sur leurs ouvrages les lumières de l'antiquité; de nombreux élèves les suivent dans cette restauration toute romaine. Une carrière brillante s'ouvrit alors aux Girodet, aux Prud'hon, aux Guérin, aux Géricault, aux Gérard; la mythologie païenne inspira à ses adeptes de poétiques reminiscences : Zéphyr souffla son doux baiser sur le front diaphane de Flore : Daphné se prit à gémir de nouveau sous son écorce de laurier; on vit Enée, vêtu d'un simple casque, raconter à Didon ses aventures, et celle-ci l'écouter sans rougir. La candeur de l'âge d'or animait la palette et le ciseau.

Plus tard, la révolution avait grondé, et l'Empire eut à raconter aux artistes toute une histoire politique et militaire qu'ils ont pu redire et qu'ils rediront longtemps encore, sur tous les tons, avec mille nuances, depuis Sédiman et Aboukir, jusqu'à Marengo et Trafalgar, car ce sont là des sujets aussi intéressants pour nos annales que l'ont été pour les anciens les batailles de Porus et de Léonidas. Plus près de nous enfin, nos guerres d'Afrique et de Crimée ont défrayé et défrayent chaque jour la brosse infatigable, vigoureuse et inspirée, des Vernet, des Lami, des Brager. Mais ce qu'il faut admirer avant tout dans l'école française actuelle, c'est l'infinie variété des talents et des genres, c'est la supériorité de notre école de paysage et de portrait, digne de rivaliser avec les vieux flamands. La sculpture, l'architecture, la gravure, sont, de notre temps, au niveau de la peinture; muses des beaux-arts toujours recherchées, elles nous sont de plus en plus souriantes. Chacune de leurs œuvres, et il en surgit beaucoup de très remarquables, quoi qu'en dise la critique, pourrait servir de texte à une leçon d'esthétique.

Cette analyse des œuvres de l'art moderne venant après l'ancien formerait particulièrement la seconde partie du cours. Son but ne serait pas de faire progresser l'art, mais d'en réchauffer le goût, d'en perpétuer l'amour. Ne nous abusons pas : l'art depuis longtemps a dit son dernier mot; les causes qui ont déterminé son divin épanouissement n'existent plus; il ne s'agit donc pas aujourd'hui de recourir aux préceptes de l'esthétique pour avancer ses destinées, mais de vulgariser son histoire, d'analyser ses beautés, et de faire descendre jusque dans l'esprit des masses, jusque dans les plus futiles productions de l'industrie, la salutaire influence d'une noble étude. L'art n'aspire plus à reconquérir sa suprématie d'autrefois; il ne saurait d'ailleurs tenir, dans la société affairée du dix-neuvième siècle, la place qu'il y occupait au seizième; mais il n'en demeure pas moins un précieux élément moral, dans l'existence civilisée d'une nation comme la France; après avoir été l'orgueil et la gloire d'un peuple, il peut, en s'associant aux détails de sa vie intime, devenir la goutte d'huile odorante versée sur ses blessures; il est fait pour le consoler dignement de ses illusions perdues et de ses malheurs.

Si parmi les hommes de talent, de dévouement et de croyance dont notre époque est riche, il s'en trouve un seul par département qui soit capable d'inaugurer la chaire nouvelle, que le gouvernement n'hésite pas, qu'il le choisisse; qu'il lui intime pour condition expresse l'ordre d'être fidèle à son programme, et si nous ne nous trompons pas, nous assisterons encore à ce spectacle magnifique d'un auditoire transporté, haletant, sous la parole d'un professeur enthousiaste. Nous reverrons s'agiter, sous le vent d'une grande et belle pensée, ce flot mouvant de têtes radieuses, ces regards avides, ces lèvres frémissantes toujours prêtes aux vivats, ces mains pleines d'applaudissements. Avec de la mémoire, de l'esprit et du goût, il faut à ce nouvel Anselme l'intelligence de la synthèse et de l'analyse, l'organe qui ébranle, la raison qui critique, le sentiment qui passionne, une haute portée philosophique pour féconder ses idées, un instinct littéraire délicat pour en produire la forme, l'âme d'un apôtre unie à la volonté d'un tribun. Quelqu'il soit en un mot, qu'il sorte des rangs connus ou de la foule obscure, soyons certains que l'élu se montrera à la hauteur de sa tâche, car jamais mission n'aura été plus douce pour le cœur, plus satisfaisante pour l'esprit.

Une des branches de l'art dont l'influence s'exerce peut-être avec le plus d'étendue et de développement sur l'industrie de luxe, c'est la sculpture : c'est elle qui est appelée à donner à l'ornementation la force et la grâce, c'est-à-dire le style. L'artiste qui s'apprête à éclairer l'industrie du puissant reflet de son talent doit donc réunir ces deux conditions ; c'est par elles qu'il atteindra le but proposé, la vulgarisation, l'utilité de l'art. Or pour en venir là, une règle de conduite est à suivre, et l'artiste ne s'en écartera pas. Qu'il ait à traiter la forme humaine, virile ou féminine, il faut que les deux éléments dont nous venons de parler servent de base à son œuvre plastique. Soit que vous vouliez rendre Hercule ou Omphale, Orphée ou Eurydice, Syrius ou Galatée, vos héros seront dépourvus d'énergie sans la grâce, vos nymphes n'auront pas de grâce sans la force. Ces deux qualités sont inséparables ; elles ne peuvent subsister l'une sans l'autre. Si l'une est absente l'autre s'efface ; la grâce se perd dans le mou et le cotonneux, elle tombe dans le flasque sans la force ; la force, de son côté, risque de se confondre avec la roideur, la sécheresse et l'anguleux, sans l'intimité qui l'attache à sa sœur. Tels sont les principes éternels que l'artiste et l'ouvrier méditeront, s'ils veulent réaliser le beau et le vrai dans leurs compositions. Mais avant d'être écouté comme professeur, l'artiste a dû faire ses preuves et signaler sa science à l'attention publique par l'application des ses procédés, par l'énergie et le talent de sa facture. Avant de parler il faut qu'il crée ; ou plutôt, ses œuvres ne porteront-elles pas avec elles la leçon et l'exemple ? qu'il compose donc, qu'il exécute, et c'est dans ses ouvrages que l'intelligence de l'ouvrier ira d'abord puiser ses modèles. Que l'artiste s'entoure des fragments célèbres légués par l'antiquité, afin d'empreindre ses propres œuvres de ce cachet d'irréprochable pureté qui leur assure un glorieux avenir, il parlera et discutera ensuite devant son auditoire avec plus d'autorité. On peut appliquer aux ouvrages plastiques ce que Chénier disait de la poésie :

« Sur des pensers nouveaux faisons des vers antiques. »

Que l'artiste crée des types nouveaux avec ceux que lui ont laissés les Grecs ; qu'il peuple son atelier d'un monde de statues et de bas-reliefs classiques, avec lesquels il vive nuit et jour. Qu'en analysant l'idéal, tel que le comprenaient les anciens, il rêve et réalise l'idéal moderne : l'expression de la pose et des attitudes, la distinction et la pureté des lignes alliées à l'élégance des contours, l'intelligence unie à la beauté. Avant tout, qu'il ne force pas ses facultés pour produire en dehors d'elles quelque œuvre qui ne soit pas

lui , il tomberait dans une faute grave dont se ressentiraient ses conceptions;
il émousserait le tranchant de son talent ; d'ailleurs, le voudrait-il, qu'il ne
le pourrait pas , sous peine de se réduire ou de s'annihiler tout entier. L'artiste
échappe difficilement à la vérité et à l'empire de cet axiôme d'atelier: « on
fait dans sa nature. » Qu'il produise donc selon son instinct; qu'il soit Michel-
Ange ou David, Pradier ou Canova ; c'est-à-dire énergique ou gracieux, suivant
ses tendances , et s'il se peut à la fois l'un et l'autre, comme Clésinger.

Mais pour atteindre ces régions sereines où l'art se développe à l'infini,
que l'artiste vive surtout de pensée et de solitude. Qu'avec les dons acquis ou
instinctifs, l'amour du beau, la facilité de l'exécution, la délicatesse de la touche, la science du procédé, il nourrisse son esprit de fortes et saines études;
qu'il soit poète et lettré, cela ne gâtera rien ; c'est ce qui distinguait les artistes de la belle période du seizième siècle. Michel-Ange, dont nous parlions
tout-à-l'heure, Raphaël, le Corrège, Titien, et tant d'autres, maniaient aussi
bien la plume que la brosse ou le ciseau. La musique aussi leur était familière;
la musique ouvre sur la terre les rayonnantes échappées du ciel; elle exalte
l'imagination et poétise instantanément la vie réelle. Ne craignons pas de le
dire : ce complément de talents et de facultés acquises, cette pratique de tous
les ressorts intellectuels sont indispensables à l'artiste qui veut se maintenir à
la hauteur de sa mission, à celui surtout qui se dévoue à la double carrière
de la production et de l'enseignement: *consilio manuque*; mais en est-il
beaucoup qui les possèdent parmi les modernes? Les artistes de nos jours,
exclusivement préoccupées de leur personnalité, ont généralement négligé de
façonner leur esprit aux belles-lettres, de le fortifier par l'étude de l'histoire et
de la philosophie ; ils ont surtout beaucoup trop négligé la lecture des écrivains
esthétiques dont les ouvrages, consultés avec discernement, seraient cependant bien propres à les guider avec fruit dans la théorie comme dans la pratique de l'art. Combien en citerait-on parmi eux, à l'exception des plus renommés :
Ingres, Delacroix, Gleyre, P. Delaroche, Lemaire, Jouffroy, Préault, qui
aient médité ou seulement ouvert Winkelmann, Vasari, Garofalo, Tozzetti,
Quatremère, Visconti, Mongès? à Dieu ne plaise que nous prétendions qu'on
ne puisse pas devenir un grand artiste sans avoir lu ces auteurs. La nature
souvent forme mieux que les livres; le génie est prime-sautier; il a la science
infuse. Mais le génie est une exception; or, pour acquérir du talent, ce qui
est une autre exception encore fort honorable, il faut s'appuyer sur un fond
solide. L'artiste profite ainsi des connaissances de ses devanciers; il leur

emprunte, avec habileté leurs richesses, et fort de leur expérience, évite
heureusement leurs erreurs:

Feliciter sapit qui alieno periculo sapit.

D'un autre côté, la forme, la structure des membres, l'ostéologie, la synthèse
anatomique du corps humain, ne doivent pas faire seules l'objet des études
approfondies de l'artiste; dans l'application de l'art à l'industrie, notamment
les attributs, les accessoires, doivent être savamment étudiés, discutés et traités. Le voile, le vêtement, les ornements, sont aussi dignes de soins et
d'attentions. Le mode d'ordonnancer le costume, de draper *l'armiclausa* ou le
peplum sur les épaules de César, de poser la *cidaris* phrygienne sur la tête
de Paris, d'attacher aux flancs de Marc-Aurèle le *paramerium* et le
cingulum mérite les plus sérieuses préoccupations. Si la grâce ici doit être in-
voquée, il faut aussi que l'audace et l'aplomb président à l'agencement et à la
pose de ces accessoires. Toute armure (télamon ou chémille) doit être,
comme le vêtement, bien campée, bien jetée. Ce n'est qu'après avoir observé
sur ce point la manière de procéder des anciens que l'on parvient à ajuster
naturellement et avec élégance ces compléments de la statuaire, qui nuisent
au plus bel ouvrage s'ils sont posés avec maladresse, s'ils ne sont pas réussis.
Ces réflexions ne s'appliquent pas seulement à la figure, à la statue; elles
sont communes au bas-relief, qui joue un rôle si important dans l'ornementation architecturale et dans les diverses applications industrielles de l'art. Le
bas-relief présentant d'ordinaire plusieurs groupes de personnages et de
nombreux éléments de composition, sa facture demande plus de combinaisons,
plus de variété dans l'invention et le choix des sujets, de complication dans
leur exécution. Le bas-relief que l'on peut considérer, ainsi que nous l'avons
dit, comme la source principale de toutes les applications de l'art à l'industrie,
le bas-relief tient à la fois de la statue et du tableau; il n'occupe cependant que
le second rang dans l'ordre plastique, par la raison que l'œuvre de l'artiste
perd de sa concentration et de sa valeur par la diffusion même du sujet et du
style; c'est pour cela sans doute que l'appropriation du bas-relief aux
ornements usuels est si rationnelle et si étendue.

La statue, en un mot, est au bas-relief ce qu'est, en peinture, le portrait au
tableau de genre ou de chevalet. Quant à la plastique d'origine primitive, c'est-
à-dire remontant à la plus haute antiquité, elle consistait tout simplement dans
l'art de modeler les matières malléables, telles que la terre, le plâtre, le bis-
cuit, l'argile, la cire. Ce genre d'ornement exigerait sans doute de la part de

ceux qui voudraient le faire revivre , des qualités supérieures d'invention et d'exécution , car les difficultés ne sont pas moindres pour modeler que pour sculpter les vases, les corbeilles, les fruits, les animaux, les groupes destinés à l'embellissement de nos jardins et de nos parcs.

Il serait à désirer que l'on revînt , pour l'ornementation extérieure , à ces productions d'un effet charmant et pittoresque. À côté de tant de spécialités créées par l'industrie, bien des places sont donc encore à prendre ; celle de la plastique usuelle est sans contredit la première ; d'heureuses tentatives ont eu lieu déjà, mais sur une échelle trop restreinte ; on pourrait acquérir une renommée véritable en pratiquant cette branche renouvelée de l'art ancien , en l'appliquant à nos besoins, à nos fantaisies modernes. Les artistes dont les ruines de Pompéi et d'Herculanum nous ont révé é en ce genre les délicieux caprices vivront aussi long-temps qee Phidias ou Praxitèle ; leur nom s'est perdu, mais l'éclat de leur génie n'a pu s'éteindre sous les cendres du Vésuve.

Nous venons ici tracer , en traits principaux , l'histoire de l'art telle qu'on pourrait la développer ; nous avons parlé de la convenance, des devoirs , des garanties du professorat artistique-industriel. Cette disgression nécessaire nous ramène à l'examen du dernier terme de notre programme : encouragements à offrir aux maîtres et aux élèves.

Les récompenses honorifiques, décernées comme elles le sont aujourd'hui à la suite d'Expositions publiques , qui auraient lieu d'une manière permanente ou à des époques assez rapprochées dans chaque centre ou groupe industriel, viendraient enfin couronner l'œuvre des travailleurs. De son côté, chacune des villes où le travail se serait montré avec le plus d'éclat dans le triomphe des Expositions générales offrirait aussi aux maîtres une récompense pécuniaire, ou solliciterait du gouvernement une distinction plus haute , qui deviendrait un puissant stimulant pour les hommes voués à cet utile professorat. Quelle garantie de stabilité, de puissance et de grandeur pour l'avenir de notre patrie , que les préoccupations de l'art ainsi introduites dans les habitudes de la vie sociale du peuple à la place des préoccupations dissolvantes de la politique, ainsi consacrés par les témoignages les plus honorables de la reconnaissance publique ! Dès lors , l'artiste et l'artisan seraient à jamais unis par la confraternité, par une solidarité indissoluble , eux qui déjà s'entendent si admirablement d'instinct , à défaut d'une sanction officielle et régulatrice , pour mettre à la portée du plus grand nombre cette foule de ravissantes fantaisies qui parent aujourd'hui la demeure de l'homme civilisé. L'artiste , en effet , n'est-il pas depuis long-temps chez nous *l'alter-ego* de l'ouvrier ? Leurs noms, cités souvent ensemble, s'allient à merveille ; leurs mains s'étreignent chaque jour pour la plus grande popularité de l'art, pour son appropriation intime, aux objets qui font la splendeur et les délices de nos maisons.

Cette propagande, qui s'étend depuis l'hôtel et l'ameublement de la classe opulente jusqu'au logement et au mobilier du plus simple bourgeois, est en soi une chose excellente ; elle assure le triomphe des influences favorables que finissent par exercer sur notre esprit les objets qui nous entourent et dont nos regards sont constamment frappés. Le goût du joli, du coquet, est un acheminement vers un goût plus relevé ; l'amour paisible des meubles de Boule, des biscuits de Sèvres ou de leurs imitations, des trumeaux, des aiguières, des statuettes et des petits bronzes, est un admirable liniment versé sur les passions dangereuses.

L'homme une fois envahi par le souffle de l'art, est poussé malgré lui vers la perfection intellectuelle et morale. Il n'est pas jusqu'aux habitudes du corps elles-mêmes qui ne se modifient au contact des Grâces ; l'âme s'épure et le visage s'ennoblit dans leur voisinage. En un mot, le premier pas fait dans cet olympe terrestre dont il a su peupler les solitudes, l'homme n'est plus un être vulgaire ; c'est un demi-dieu qui marche avec majesté dans la vie, de jour en jour plus calme et plus raffermi dans le sentiment de sa grandeur future et de son immortalité.